Jamais
je ne t'oublierai

Pour Sarah Gillis, d'Antigonish (Nouvelle-Écosse)
— *R.M.*

Pour mon mari, Chris, avec tout mon amour et ma gratitude pour son soutien.
Merci aussi à mes modèles, Juliana et Pat.
— *J.W.*

Les illustrations de ce livre ont été réalisées à l'huile sur toile.

La conception graphique de ce livre a été faite
en QuarkXPress, en caractère Goudy Old Style de 15 points.

Catalogage avant publication de Bibliothèque et Archives Canada

Munsch, Robert N., 1945-
[Lighthouse.   Français]
Jamais je ne t'oublierai / Robert Munsch; illustrations de Janet Wilson;
texte français de Christiane Duchesne.

Traduction de : Lighthouse.
ISBN-13 : 978-0-545-99808-6
ISBN-10 : 0-545-99808-5

I. Duchesne, Christiane, 1949- II. Wilson, Janet, 1952- III. Titre.
IV. Titre: Lighthouse.   Français

PS8576.U575L53414 2007   jC813'.54   C2006-906487-3

Édition publiée par les Éditions Scholastic, 604, rue King Ouest,
Toronto (Ontario) M5V 1E1 CANADA.

7 6 5 4 3 2 1   Imprimé au Canada   07 08 09 10

Robert Munsch

Jamais je ne t'oublierai

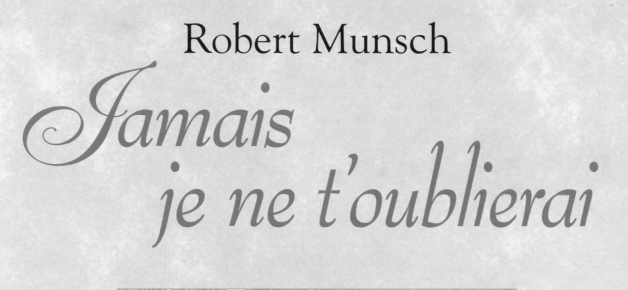

Illustrations de
Janet Wilson

Texte français de Christiane Duchesne

Au beau milieu de la nuit, Sarah s'éveille, pique une fleur dans ses cheveux et entre dans la chambre de ses parents. Elle s'assoit du côté où dort son père et reste un moment sans bouger. Son père s'éveille enfin.

— Qu'est-ce qui se passe, Sarah? C'est la nuit...

— Tu m'as toujours dit que grand-papa avait l'habitude de t'emmener au phare en pleine nuit. Nous sommes en pleine nuit, et c'est cette nuit que j'aimerais que tu m'y emmènes.

Le père de Sarah demeure immobile un long moment.

— Ça va, dit-il finalement. Allons-y.

Ils s'habillent, sortent sans bruit et montent dans la voiture.

Il n'y a personne d'autre aux alentours, pas une seule voiture. Les lampadaires jettent une lumière diffuse dans la brume de mer.

— Lorsque grand-papa m'emmenait au phare, il n'y avait pas de lampadaires et il n'y avait pas non plus de beigneries ouvertes en pleine nuit, dit le père de Sarah.

— Mais s'il y avait eu une beignerie, il s'y serait arrêté, dit Sarah.

— Ça, c'est sûr, dit son père.

Ils s'arrêtent donc à une beignerie et achètent un sac de beignes à l'érable et du café. Ils sont les seuls clients.

— Quand j'étais petit, dit le père de Sarah, grand-papa me donnait du café et je trouvais cela horrible.

Ils prennent une gorgée de café pour grand-papa. Le café du père de Sarah a bon goût, celui de Sarah est horrible.

Ils sortent de la ville et
roulent jusqu'à la route qui
mène au phare.

— Grand-papa a toujours
dit qu'il fallait monter à pied
jusqu'au phare, dit le père de
Sarah.

— D'accord, dit Sarah.

Ils garent la voiture et, dans
le brouillard opaque, marchent
ensemble vers le phare.

Ils s'assoient au bord de la
falaise qui domine la plage et
écoutent les vagues fouetter
les rochers. Sarah mange
les beignes et son père boit
encore un peu de café.

— Lorsque grand-papa m'emmenait avec lui, dit le père de Sarah, nous n'avons jamais réussi à monter jusqu'en haut du phare. Chaque fois, nous tentions d'ouvrir la porte, mais elle était toujours fermée à clé.

— Je vais essayer, dit Sarah.

Elle va jusqu'à la porte et tourne la poignée. La porte s'ouvre. Sarah et son père restent là à regarder l'entrée.

— Qu'est-ce qu'on fait? dit Sarah.

— Grand-papa serait monté, dit le père de Sarah.

— Alors, montons! dit Sarah.

Ils montent l'escalier où s'engouffre le vent, gravissent
les marches qui tournent, tournent, et tournent encore.
Ils parviennent enfin à la lanterne.

— Je peux voir à l'infini,
dit Sarah. Est-ce que grand-
papa peut me voir?

— Je ne sais pas, dit son
père.

— Est-ce que grand-papa
peut m'entendre? demande
Sarah. GRAND-PAPA!
crie-t-elle très fort.

Ils attendent un long moment.

— Il ne répondra pas, dit le père de Sarah.

Ils restent là encore un
long moment, à écouter la
corne de brume et à regarder
le brouillard sur la mer.
Puis Sarah retire la fleur
de ses cheveux, celle qu'elle
a conservée depuis les
funérailles de son grand-père,
et elle la lance dans l'océan.

— Quand je serai grande, j'aurai un enfant et je l'emmènerai ici au milieu de la nuit, dit Sarah.

— Bonne idée, dit son père.

Alors, tout trempés de brume et sentant le varech,

ils rentrent à la maison et retournent se coucher.